16	3	2	13
5	10	11	8
9	6	7	12
4	15	14	1

VERONICA STIGGER

SUL

editora 34

EDITORA 34

Editora 34 Ltda.
Rua Hungria, 592 Jardim Europa CEP 01455-000
São Paulo - SP Brasil Tel/Fax (11) 3811-6777 www.editora34.com.br

Imagem da capa:
Arquivo pessoal da autora

Capa, projeto gráfico e editoração eletrônica:
Bracher & Malta Produção Gráfica

Revisão:
Alberto Martins, Cide Piquet

1ª Edição - 2016 (1ª Reimpressão - 2022)

CIP - Brasil. Catalogação-na-Fonte
(Sindicato Nacional dos Editores de Livros, RJ, Brasil)

Stigger, Veronica, 1973
S788s Sul / Veronica Stigger —
São Paulo: Editora 34, 2016 (1ª Edição).
96 p.

ISBN 978-85-7326-642-9

1. Ficção brasileira. I. Título.

CDD - B869.3

SUL

ao Eduardo, que gosta tanto do céu do Sul

[...] *ay, amiguitos, otro terror recurrente y mortalmente latinoamericano: buscar tu arma y no hallarla, buscarla en donde la has dejado y no hallarla.*

Roberto Bolaño, *Amuleto*

Dahlmann empuña con firmeza el cuchillo, que acaso no sabrá manejar, y sale a la llanura.

Jorge Luis Borges, *Ficciones*

"Agora vocês vão ver", dizia ele aos irmãos e aos primos, que gargalhavam como aves de mau agouro, enquanto espalhava pelas paredes brancas do quarto o sangue que saía aos borbotões de seu portentoso nariz, "vou lá contar tudo para o pai e ele vai dar uma surra bem dada em vocês, seus guris de merda." Ninguém — nem mesmo o pai que entraria no quarto minutos depois — percebeu que a mancha de sangue na parede branca assumira o contorno do mapa do Sul.

2035

Constância estava dormindo quando os oficiais chegaram ao prédio. Eles eram dois e vestiam calças e coletes cinza-chumbo. Traziam consigo dois facões, um pé de cabra e um civil. Este último devia ter uns trinta e cinco anos e puxava um riquixá. Tinha as botas surradas, as pestanas grossas e o bigode bem aparado. Usava um gorro preto e um longo poncho marrom, já bastante puído (embora a primavera estivesse para começar, ainda se sentia o vento frio que vinha do sul). Às cinco e meia da manhã, um dos oficiais estacionou o civil e seu riquixá num canto da calçada, bem ao lado de uma antiga lixeira de metal, enquanto o outro, com o pé de cabra, forçava o primeiro portão de aço que dava acesso ao pátio de entrada do edifício de Constância. Eram dois os portões que deveriam ser vencidos. O primeiro permitia a passagem para um espaço quadrado parecido com uma jaula, limitado pelo segundo portão ao fundo, por uma grade do lado direito e, do lado esquerdo, por uma guarita há muito desocupada, de cerca de três metros quadrados de área, coberta por limo e fezes de pássaros. Estacionados o civil e seu riquixá e aberta a primeira passagem, os dois oficiais ingressaram na jaula e se puseram a forçar juntos o grande cadeado do segundo portão.

Um dos oficiais enfiou o pé de cabra no meio do cadeado e os dois juntos, com uma solenidade aparentemente incompatível com a situação, se puseram a girar a ferramenta em sentido anti-horário. Sem demora, o cadeado cedeu e eles passaram para o jardim de entrada do edifício. Com os facões, foram abrindo caminho entre a vegetação basta que, em alguns pontos, chegava à altura do peito. Poucos minutos de percurso e estavam diante da porta do prédio: uma porta larga, alta, com um gasto friso de cobre que emoldurava um vidro totalmente trincado e coberto de fuligem. Um dos oficiais chutou o vidro, que se desfez em inúmeros cacos e numa nuvem de poeira negra. Num dos cantos do saguão, um vaso exibia um galho magro, comprido e pipocado de pequenos fungos. Pedaços de folhas secas se espalhavam sobre um retalho de tecido ocre, desfiado e carcomido em suas extremidades, que fora depositado sobre o piso rachado. Em outro canto, jaziam uma mesa e uma cadeira de madeira de lei, com letras, desenhos e traços abstratos riscados em suas superfícies. Ao centro, duas portas, também de madeira de lei e também riscadas em suas superfícies, deixavam entrever, por portinholas à altura dos olhos, os dois elevadores que já não funcionavam fazia um bom tempo. Atrás da mesa e da cadeira estava a escada que levava ao décimo andar, onde moravam Constância e seus pais.

Às seis em ponto, os oficiais pressionaram a campainha do apartamento de Constância, que não soou. Pressionaram novamente e nada. Um dos oficiais bateu, então, com o pé de cabra na porta do apartamento, o único do andar. O barulho súbito e inesperado acordou a menina. Ainda entre sonhos, Constância pensou que talvez fosse a fada dos presentes. Seus pais haviam lhe contado que, quando eram crianças, recebiam, nas datas de seus aniversários, o que chamavam de presentes. Na imaginação de Constância, até que fazia sentido a fada aparecer para ela justo naquele dia em que completava dez anos. Dez anos era uma idade cheia, ela já era quase uma adolescente, quase uma adulta na verdade, os sapatos de sua mãe já lhe serviam bem, ela não precisava mais colocar tantos trapos nas pontas dos sapatos, ela merecia um presente, podia até ser um presente pequeno. Enquanto Constância divagava deitada sobre o pano grosso de algodão que cobria o colchão velho e fininho, seu pai, assustado, foi atender a porta. Ele não acreditava mais na fada dos presentes e não tinha ideia de quem poderia ser. Com o ouvido direito encostado à grossa porta de madeira, também de lei, ele perguntou quem era. Os oficiais responderam que eram oficiais e que estavam ali para levar Constância. O pai queria saber que tipo de oficiais eles eram e para onde levariam Constância, ao que os oficiais redarguiram que eram oficiais do governo e que tinham ordens para pegar Constância e levá-la para tomar parte nas comemorações. O pai queria saber que comemorações eram essas de que eles falavam, e os oficiais disseram simplesmente que se tratava das grandes comemorações. O pai, sem entender, ficou em silêncio. Tirou o ouvido da porta e começou a andar para a frente e para trás, enroscando os fios do bigode entre o polegar e o indicador. Ora ele fazia que ia voltar para o seu quarto, ora se dirigia para o cofre, onde a família guardava as chaves. Os oficiais, por seu turno, deram novas pancadas na porta de madeira de lei com o pé de cabra e pediram energicamente que o pai a abrisse senão eles teriam de arrombá-la. Nisso, apareceu a mãe de Constância com a chave na mão. Ela se postou ao lado do marido, estendeu-lhe a chave e pediu-lhe, entre lágrimas, que abrisse a porta. O marido abraçou-a forte, beijou-lhe o rosto e limpou suas lágrimas com os dedos antes de pegar a chave de sua mão, fazendo um sinal com a cabeça de que não queria abrir a porta. Expôs para a mulher, a baixa voz, sua dúvida sobre a verdadeira identidade daqueles homens: temia que não fossem oficiais ou, pior, que fossem de fato oficiais do governo. Para ela, se eles não fossem oficiais ou mesmo se fossem de fato oficiais do governo, já não importava mais, o melhor era abrir logo a porta. O pai ia argumentar, mas a mulher, com os olhos brilhando porque molhados das lágrimas, não lhe deu chance: apontou-lhe a porta com uma leve erguida de nariz. O marido repetiu o sinal negativo de cabeça e escondeu a chave atrás das costas, como se pudesse, com esse gesto, impedir de uma vez por todas a abertura da porta. A mulher não se mexeu, apenas o olhou e deu de ombros. Cruzou os braços e, num movimento lento e reiterado, esfregou a cabeça em seu próprio ombro, como se quisesse coçar a testa, mas, na verdade, tentando disfarçar o choro que não conseguia conter. Os oficiais bateram e gritaram mais uma vez, exigindo a abertura da porta. O marido já não escondia a chave nas costas. Segurava-a na ponta dos dedos, olhando-a como se a contemplasse. Num gesto repentino, abriu a porta, e o casal, em suas esfarrapadas roupas de dormir, se viu subitamente cara a cara com os dois oficiais em vestes cinza-chumbo. Estes últimos imediatamente corrigiram a postura e, empertigados, repetiram que haviam recebido ordens para conduzir Constância às comemorações. Um dos oficiais estendeu um papel timbrado para os pais, que não o leram. O oficial devolveu o papel ao bolso e explicou que Constância seria a atração principal das comemorações e que eles deveriam levá-la o quanto antes, porque do contrário não haveria tempo para todos os preparativos, já que a festa começaria logo mais, às dez e meia da manhã, no horário exato em que Constância havia nascido. Sem dar tempo aos pais para retrucar, os oficiais foram logo perguntando pela menina. Constância já estava de pé, encostada no batente da porta de seu quarto, tentando ouvir a conversa que se passava do outro lado do longo corredor que separava os quartos da sala de estar e jantar, esta última perto de onde se achavam os oficiais e seus pais. O pai e a mãe de Constância não se moviam. Eles não falavam e, vez ou outra, trocavam olhares entre si. Diante da falta de reação dos pais, os oficiais, num tom seco e determinado, mandaram que Constância fosse apresentada a eles naquele exato momento. Do contrário, seriam obrigados a tomar certas atitudes. A menina, que ouvira falarem seu nome, saiu de mansinho do seu quarto e se dirigiu, de pés descalços, para a porta de entrada, fazendo o percurso com as costas encostadas na parede. Ao chegar lá, parou em pé entre seu pai e sua mãe e lhes deu as mãos, olhando de soslaio para os oficiais. Estes, no momento em que a viram, soltaram um suspiro de alívio. Um dos oficiais disse ao companheiro que descesse e trouxesse o civil. O companheiro saiu e o oficial ficou parado na porta com os braços cruzados contra o peito, olhando especulativamente para Constância, que lhe devolvia o olhar sem piscar. Os pais da menina também olhavam para o oficial, mas este não parecia interessado neles, continuava a admirar Constância, ora contraindo os olhos, ora abaixando-se e aproximando seu rosto do rosto da menina, como se buscasse vê-la melhor. O pai soltou a mão de Constância e começou a acariciar seus cabelos, enredando os dedos nos fios longos e embaraçados. De súbito, pegou-a no colo e deu-lhe um beijo estalado na bochecha, enquanto Constância mantinha os olhos fixos no oficial. A mãe tomou a filha dos braços do marido e a abraçou forte, escondendo a cabeça entre os cabelos da garota. Nisso, chegou o outro oficial trazendo o civil. Os dois estavam sem fôlego porque haviam subido os dez lances de escada correndo. Ao ver os dois, o oficial que estava parado defronte à porta de Constância descruzou os braços e ordenou ao civil que colocasse a menina nas costas para que pudessem finalmente partir. O civil se aproximou da mãe de Constância de cabeça baixa. Parou à sua frente, mas não fez menção de pegar a menina. Apenas ergueu os olhos, sem levantar a cabeça, tentando divisar o rosto da mulher. A mãe, que olhava alternadamente para o marido, para o civil e para os oficiais, apertou a filha ainda mais contra o peito. Constância, por sua vez, se desvencilhou do abraço da mãe, esticou o braço esquerdo para a frente e passou os dedos de leve sobre o bigode do civil, que permanecia de cabeça baixa. Ela tirou-lhe o gorro, liberando os desgrenhados cachos castanhos, e beijou-lhe a testa. Ele ousou olhá-la de frente e ela lhe estendeu os dois braços. O civil a tomou no colo, e a mãe, que resistiu por um instante antes de entregá-la, se curvou para beijar a cabeça da menina, mas desistiu no caminho e apenas deixou-se passar as pontas dos dedos sobre os fios louros de Constância.

Os dois oficiais estenderam as mãos direitas para os pais de Constância, que não corresponderam ao gesto; estes últimos estavam com os olhares voltados para a menina, que se instalava no colo do civil. Os oficiais ficaram alguns segundos com as mãos erguidas, até que, sem jeito, colocaram-nas nos bolsos das calças, murmurando apenas um obrigado, e saíram. Atrás deles, vinham o civil e Constância. Aquele, antes de descer as escadas, acomodou a menina nas costas. O pai e a mãe ficaram na porta, abraçados, observando a partida. Constância abanou para os dois, de longe, antes de sumir no corredor de acesso às escadas. Chegando à rua, o civil colocou a menina no riquixá e se preparou para puxá-la. Um dos oficiais deu a ela um chicote e disse-lhe que era para usar no civil. Ela olhou para o oficial, olhou para o chicote e franziu a testa. O oficial repetiu que era preciso usar o chicote no civil. Ela franziu novamente a testa e objetou que o machucaria se fizesse aquilo. Os dois oficiais insistiram com a menina, dizendo, desta vez, na tentativa de persuadi-la, que o civil estava acostumado, que ele não iria sentir nada, que ela não precisava se preocupar. Mas ela não queria, ela preferia não fazer. Os oficiais insistiam, mas Constância se recusava, cruzando os braços e sacudindo a cabeça para os lados. Um dos oficiais lhe deu então a justificativa derradeira: ela deveria fazer porque era parte das comemorações; era preciso que ela chegasse ao parque, onde seria a abertura e onde se dariam os dez dias de festa, açoitando o civil que a transportava no riquixá. Mas ela queria saber o porquê disso, por que precisava açoitá-lo se não queria fazê-lo, e os oficiais lhe disseram que era porque era assim que havia sido determinado pelos organizadores. Mesmo sem estar de todo convencida, Constância pegou o chicote e o estalou, muito timidamente, contra as costas do civil. Os oficiais aprovaram sua ação com discreto balançar de cabeças e falaram que era isso mesmo que ela devia fazer e que seria bom se ela o chicoteasse regularmente. Assim, eles se encaminharam ao parque. Saíram da estreita rua onde ficava o prédio de Constância e outros tantos iguais ao dela e dobraram na avenida larga. As ruas estavam silenciosas e praticamente desertas. Eles cruzaram apenas por um grupo de três pessoas, talvez uma família como a de Constância, que procurava alguma coisa em meio a uma série de sacos cheios e fechados que coloriam a calçada em frente a um prédio largo, parecido com um caixote, que ocupava quase todo o quarteirão. Constância espiou para dentro das portas escancaradas do prédio largo, de vidros quebrados, e viu um longo corredor ladeado por espaços menores divididos ao modo de baias. No centro deste corredor, notou ainda que havia escadas diferentes daquelas brancas, de mármore, de seu prédio. Elas tinham ranhuras nos degraus, e o corrimão parecia ser não de metal dourado, como em seu edifício, mas de um outro material, preto, diferente de tudo o que ela conhecia. Constância ia pedir para entrar ali, para poder tocar naquele corrimão estranho, quando sua atenção foi desviada da escada para um parque que viu logo adiante. Ela perguntou aos oficiais se seria lá, naquele parque, que aconteceriam as comemorações. Os oficiais, que conversavam distraídos, não entenderam imediatamente ao que ela se referia, mas logo perceberam o engano da menina e, achando graça, deram tapinhas carinhosos em sua cabeça e lhe disseram que lógico que aquele não era o parque das comemorações, aquele era bem menor que o outro, ela não teria dúvidas quando se aproximasse do parque certo. Dobraram em outra avenida à direita, e Constância pôde ter uma visão mais próxima do parquinho. Para quem como ela nunca tinha saído à rua, o parquinho parecia imenso. Era bem maior que o jardim de entrada de seu prédio, que ela costumava ver da janela de seu quarto. A grama ali também estava muito alta, e as copas das árvores, de tão cheias, se fundiam umas às outras. Um homem coberto por um poncho semelhante ao do civil dormia num dos bancos de madeira do parque. Meia dúzia de livros servia-lhe de apoio para a cabeça e a seus pés se empilhavam cinco ou seis sacos cheios e coloridos. Uma mulher, que caminhava no sentido contrário ao deles, se aproximou do homem, chegou bem perto de seu rosto, passou a mão na frente de seus olhos fechados e esperou um pouco, olhando-o sempre. O homem continuou dormindo. Ela então cheirou um por um os sacos coloridos e se afastou com o vermelho debaixo do braço direito. Os oficiais, Constância e o civil seguiam sempre em frente. Os oficiais iam espanando a pontapés as folhas e a grossa camada de areia que se acumulava sobre a rua. O civil bufava um pouco, do esforço. E Constância se encantava com os prédios que ficavam em torno da avenida: eles eram grandes como o seu, mas não tão grandes a ponto de terem um jardim. As portas de entrada eram em geral na própria calçada. Mas, ao contrário do seu prédio, as grades ali não se restringiam às entradas, havia grades também em cada uma das janelas e em cada uma das sacadas, desde os andares mais baixos até os mais altos. Em alguns casos, umas grades se emendavam às outras, como se fossem galhos de plantas menores que se enroscam nos troncos das árvores maiores. Era bonito de ver. Algumas janelas chegavam a ter duas grades, uma por sobre a outra, imbricadas, fundidas. Eram grades escuras, grossas, algumas enferrujadas, outras com grandes cadeados aparentes. De longe, alguns prédios davam a Constância a impressão de estarem vestidos com uma meia toda tramada, como uma rede de pescador, que sua mãe tinha, e que fora de sua avó. Numa esquina, cruzou por eles um rapaz muito parecido com o civil: também de bigode bem aparado, também de poncho e gorro, e também levando um riquixá. Seu carrinho estava cheio de sacos coloridos e de pedaços de madeira e papelão. Quando avistou o homem dormindo no parquinho, parou o riquixá, recolheu os sacos coloridos restantes e os somou às suas próprias coisas. Os oficiais, Constância e o civil continuavam em frente. Vez por outra o civil parava para tomar fôlego, e os oficiais obrigavam a menina a chicoteá-lo com mais força. Quando chegaram a outra esquina, desceram por uma rua à esquerda. Constância estava cada vez mais maravilhada com aquela sucessão de prédios, uns menores, outros maiores, que pareciam usar a meia de sua mãe. De vez em quando passava por eles uma ou outra pessoa puxando um riquixá, sempre atulhado de sacos, papelão e madeira. Como os quatro, essas pessoas caminhavam pelo meio da rua, deixando a calçada livre para a poeira, as folhas secas, os galhos soltos, os sacos coloridos, os pedaços de papel e as fezes de pássaro, de cachorro e de gente. No fim da ladeira, dobraram mais uma vez e entraram em outra avenida. Um dos oficiais avisou que logo adiante seria o parque. Constância esticou o pescoço mas não conseguiu vê-lo. Chicoteou, então, com força as costas do civil. Chicoteou com tanta vontade que este chegou a cair de joelhos no chão. Ela estalou novamente o chicote e, impaciente, disse-lhe para levantar porque queria ver o parque. O civil tentou apressar o passo, mas caiu novamente de joelhos. Quando se levantou, patinou no mesmo lugar. O peso do riquixá, que parecia ter aumentado ao longo do percurso, não lhe permitia fixar as botas no asfalto. Quanto mais a menina lhe açoitava as costas, mais ele derrapava. Depois de várias tentativas de se erguer e continuar caminhando, ele respirou fundo, concentrou-se no que fazia e conseguiu firmar os pés no chão, recomeçando lentamente a andar. Mais alguns passos e a menina avistou o parque. Tal qual os sacos plásticos que ela vira ao longo do trajeto, ele era colorido, vivo, luminoso. Assim que entraram na rua contígua, Constância pôde ver que o parque era realmente enorme. Não se podia abarcá-lo num único golpe de vista. Num de seus extremos, justamente por onde os quatro entravam, havia muita luz e movimento. Tudo ali brilhava. Um carrossel, uma pequena montanha-russa, uma roda-gigante, um autochoque, um tiro ao alvo e outros brinquedos antigos estavam ligados, mas vazios. Ao lado, diante de uma série de casinhas coloridas, com cartazes afixados, dezenas de mesas e cadeiras de metal se espalhavam pelo parque, também vazias. As árvores haviam sido podadas, a grama estava baixa, e a rua, varrida. Constância não sabia para onde olhar. Ela ria, feliz. Batia palmas e dava saltinhos no riquixá. Quando chegaram à entrada principal do parque, a menina se deslumbrou com a visão das infinitas bandeiras que se agitavam ao longo da esplanada central. Eram bandeiras enormes, de várias cores. Algumas apresentavam figuras reconhecíveis em seus centros: quadrados, triângulos, círculos, retângulos, cruzes, estrelas, ferramentas etc. Outras traziam desenhos abstratos, sugestivos, difíceis de decodificar. Grupos de oficiais acordavam homens e mulheres que dormiam nos bancos, fazendo-os levantar. No centro do parque, meia dúzia de prédios construídos especialmente para as comemorações chamavam atenção pela monumentalidade, pela beleza e pela transparência. Eram completamente envidraçados. Através deles, viam-se árvores imensas, de tipos variados, com as copas aparadas e cheias de flores.

Ao atingirem o centro do parque, um dos oficiais tirou Constância do riquixá e a conduziu pela mão até o maior dos prédios envidraçados, enquanto o outro amarrava o civil e seu veículo numa das árvores. Na porta do prédio, o oficial entregou a menina a duas mulheres jovens, morenas, com os cabelos presos em grossas tranças e vestidas com aventais brancos. As mulheres sorriram para Constância e a levaram para uma sala toda branca, com um imenso sofá encostado à parede. A única coisa colorida naquela sala era a banheira dourada. As mulheres livraram Constância de sua camisola surrada, de senhora, muito maior que ela, deixando-a nua. Duas outras mulheres, também morenas, também com os cabelos presos em grossas tranças e também vestidas com aventais brancos, entraram na sala trazendo nas mãos um balde de metal. Depositaram esse balde a três passos da banheira dourada, longe do sofá branco. Pegaram a camisola de Constância e a colocaram dentro do balde. Uma das duas mulheres tirou do bolso do avental uma garrafinha de vidro e verteu um líquido transparente sobre a camisola. A outra pegou uma caixa de fósforos de dentro do bolso, riscou um e jogou-o aceso dentro do balde, que imediatamente se encheu de fogo. As quatro mulheres se aproximaram do fogo e ficaram admirando as chamas. Constância se aproximou também e ficou olhando, indecisa, do balde para as mulheres e vice-versa. O fogo deu um tom dourado e quente à sala branca. Quando a camisola terminou de arder, as quatro mulheres quebraram o silêncio com uma salva de palmas. Constância também bateu acanhadamente as pequenas mãos uma na outra. Enquanto duas das mulheres saíam da sala, as outras deram as mãos a Constância e a conduziram para junto da banheira. As duas primeiras retornaram trazendo um pente, uma tesoura e um banquinho dourado. Elas fizeram Constância sentar-se no banquinho e uma delas pegou o pente e a tesoura e começou a cortar os cabelos da menina. As outras três ficaram em pé, paradas lado a lado, com os braços cruzados atrás das costas, observando. Quando viu seus cabelos caindo no chão, Constância começou a chorar. A mulher que lhe cortava as madeixas a consolou com voz mansa, dizendo-lhe que não precisava chorar porque ela estava fazendo aquilo para o cabelo de Constância ficar mais bonito, mais sedoso, ela ia gostar, podia ter certeza, agora era só se acalmar e ficar quietinha, que quanto mais quietinha ficasse mais rápido ela acabava com aquilo e mais rápido ela poderia ver o resultado. Constância foi parando de chorar e apenas fungava vez que outra quando a morena passava o pente para tentar tirar os nós que transformavam os fios dos cabelos da menina em ninhos. Assim que a morena terminou seu trabalho, pediu para uma das outras três mulheres trazer um espelho bem grande para que Constância pudesse se ver. Uma das três saiu e voltou com o tal espelho, que depôs defronte à menina. Constância se olhou e quase não se reconheceu. A imagem que via era de uma menina loira, de olhos claros, de cabelos bem penteados e cortados na altura dos ombros, com uma franjinha que lhe chegava perto dos olhos. Ela primeiro sorriu para si mesma, depois abriu ainda mais o sorriso, que terminou numa gargalhada. Constância ia se levantar e começar a dançar quando a morena a interrompeu e lhe disse, sorrindo, que ela ainda não estava pronta. Nisso, duas das morenas, que haviam saído da sala sem que Constância notasse, entraram com outro balde de metal cheio de alguma coisa que fumegava. Elas viraram o líquido quente dentro da banheira dourada, onde Constância foi colocada. Constância não era capaz de descrever sua felicidade ao sentir a água quente nas pernas. Sorria e jogava a água no próprio rosto e mergulhava na banheira, divertindo-se. As quatro mulheres se revezavam em passar xampu e condicionador nos cabelos da menina e em esfregar o sabonete em cada parte de seu corpo. Constância ria feliz, ria das cócegas que sentia, ria da água quente, ria até do xampu entrando sem querer em seus olhos. Terminado o banho, as mulheres enrolaram a menina numa toalha que a cobria toda. Secaram-na, friccionando o tecido felpudo contra as pernas, os braços, a cabeça e o tronco da menina. Secaram também seus cabelos com uma máquina que expelia vento quente. Vestiram-na com uma túnica branca que lhe cobria os joelhos. Calçaram-lhe sapatos de seu exato número, com figuras de homens e cavalos bordados sobre o cetim branco. Puseram-lhe uma coroa de flores sobre o cabelo cor de ouro e lhe trouxeram novamente o espelho. Constância gostou muito do que viu. Ria e dançava segurando as laterais da túnica. Duas das mulheres deram as mãos a Constância e a conduziram em direção à porta. As outras duas vinham atrás. Na porta daquele edifício envidraçado, as quatro mulheres e Constância reencontraram os oficiais, que as esperavam com uma espécie de andor, carregado pelo civil, que agora vestia um poncho branco, e por mais três rapazes parecidos com ele. Um dos oficiais ergueu Constância nos braços e a colocou na cadeira reservada a ela. Quando os civis levantaram o andor, fogos de artifício coloriram o céu de verde, vermelho e amarelo. Aqueles homens e mulheres, que antes dormiam nos bancos, chegaram mais perto para ver os fogos. Outros, que transportavam seus riquixás pelas ruas transversais, pararam por alguns instantes para se informar sobre o que acontecia. Uma ou outra pessoa que passava, célere, por ali, diminuiu um pouco o passo, curiosa. Os civis desfilaram ao longo do parque com Constância sentada no andor: foram até o outro extremo e voltaram. Dez grupos de dez crianças cada — todas de dez anos e também vestidas com túnicas brancas — dançavam em volta do andor de Constância. A menina olhava para tudo e para todos, sorrindo. O grupo chegou ao centro do gramado do parque e parou ao redor de uma imensa almofada azul, sobre a qual os quatro civis depositaram Constância, antes de saírem dali carregando o andor vazio. O primeiro civil, aquele que trouxera Constância em seu riquixá, virou-se para trás enquanto se afastava e, com um sorriso triste, admirou a menina. Quatro oficiais se aproximaram de Constância e a seguraram cada um por um de seus membros, erguendo-a no ar. Quatro outros homens, todos de branco, vestindo calças de pernas folgadas e camisas de mangas compridas, se aproximaram, a cavalo, dos quatro oficiais. Cada um dos oficiais amarrou uma das pernas ou um dos braços de Constância na sela de cada um dos cavalos. Constância sentiu o calor do sol no rosto, fechou os olhos e sorriu mais uma vez. Os quatro cavaleiros, ao som do primeiro disparo de canhão, comprimiram simultaneamente suas esporas contra as costelas dos cavalos que montavam, fazendo-os disparar. Cada um correu para um lado, levando consigo um dos membros de Constância e deixando um rastro vermelho sobre a grama verde. O tronco da menina pousou novamente sobre a grande almofada azul, na qual estavam bordadas, com um fio muito claro e vivo, pequenas estrelas brancas.

MANCHA

para Carol e Carol

A ação se passa na sala de um apartamento. De frente para a plateia, há um sofá branco de três lugares. Duas poltronas igualmente brancas estão colocadas em diagonal, cada uma junto a um dos lados do sofá. No centro, vê-se um pelego com uma enorme mancha vermelha no canto esquerdo. Várias outras manchas vermelhas são visíveis em pontos diversos do ambiente. À direita, fica a porta de entrada, atrás da qual há um espelho. Carol 1, em pé, se maquia diante desse espelho. Ela é alta e está usando um vestido branco que vai até a altura do joelho, com botas, também brancas, de cano longo e salto alto, o que aumenta ainda mais sua estatura. Com uma das mãos, segura um estojo grande de maquiagem; com a outra, passa corretivo debaixo dos olhos em movimentos suaves. Está concentrada no que faz. O único barulho que se ouve é o da água caindo de um chuveiro aberto. Depois de passar o corretivo, Carol 1 aplica a base sobre o rosto, sem pressa. Quando está terminando de espalhar a base, a campainha toca. Ela leva um susto e quase deixa cair o estojo de maquiagem. A campainha toca novamente. Carol 1 hesita, sem saber como abrir a porta: uma mão está ocupada com o estojo de maquiagem e os dedos da outra estão sujos de base. A campainha toca mais uma vez. Carol 1 olha para os lados, aflita, como se procurasse um lugar para apoiar o estojo. A campainha soa de novo, desta vez num toque mais prolongado.

CAROL 1
(*Berrando*) Já vai!

Carol 1 olha para os dedos sujos e os lambe. Franze os olhos em repugnância e ameaça vomitar. Cospe no chão e limpa a boca com as costas da mão. Em seguida, passa os dedos lambidos na perna, erguendo, para isso, um pouquinho da barra do vestido. A campainha soa ainda outra vez, prolongada e nervosamente. Carol 1 gira a maçaneta com a mão dos dedos lambidos. Do outro lado da porta, está Carol 2. Ela é mais baixa que Carol 1 e usa um vestido branco semelhante ao da outra, também com botas brancas.

CAROL 2
(*Entrando e estendendo o rosto para beijar Carol 1, que ignora o gesto*) Oi, Carol. Como você está? Eu vim o mais rápido...

CAROL 1
(*Interrompendo Carol 2*) Entre logo e feche a porta. Estou me maquiando. Preciso dar um jeito no rosto.

Carol 2 vira-se de costas para Carol 1 para fechar a porta. Ela pega na maçaneta e tira logo a mão, fazendo cara de nojo. Olha para a própria mão e vê que está toda suja de sangue.

CAROL 2

Nossa, Carol! Tem sangue na maçaneta!

Carol 1, que bate o pé no chão em sinal de impaciência, revira os olhos e imita, com caretas mudas, o jeito de falar de Carol 2. Carol 2, que, de costas, não vê o deboche da outra, cheira a mão suja e faz nova cara de nojo. Olha mais uma vez para a maçaneta e passa o dedo sobre ela. Seu dedo também fica tingido de vermelho. Cheira-o e franze o rosto em sinal de desgosto. A porta permanece semiaberta.

CAROL 2

(*Voltando-se para Carol 1, que continua a bater o pé impacientemente no chão*) Como o sangue pode estar fresco na maçaneta? O sangue não deveria estar coagulado? Ele não deveria estar seco, grudado na maçaneta?

Carol 1 para momentaneamente de bater o pé no chão. Olha para a mão que mantém livre e percebe que ela também está suja de sangue. Carol 1 tem então outra ânsia de vômito. Coloca as costas da mão na boca na tentativa de evitar um possível esguicho. Com o cheiro do sangue próximo do nariz, ameaça vomitar outra vez. Vira-se rapidamente de costas para Carol 2 e inclina a cabeça para baixo, como se fosse de fato vomitar, mas fica só na ânsia. Tenta se recompor, respira fundo e passa a mão suja de sangue na perna. Nesse meio-tempo, Carol 2 continua parada na porta, olhando atônita ora para a mão tingida de vermelho, ora para a maçaneta manchada, ora para o sangue empoçado no chão. Carol 1, recuperada do súbito mal-estar, nota o espanto da outra com o sangue espalhado por tudo, revira os olhos, suspira e volta a bater o pé no chão.

CAROL 1

(*Impaciente, puxando Carol 2 pelo braço*) Entre logo, Carol. Tenho que terminar de me maquiar.

Carol 2 entra e bate a porta atrás de si. Quando a porta fecha, Carol 1 suspira aliviada e volta a se maquiar diante do espelho. Carol 2, ainda aturdida, olha mais atentamente para o chão à sua volta e percebe uma grande mancha de sangue próxima a seus pés.

CAROL 2

(*Assustada*) Carol, o que é essa mancha de sangue no chão?

CAROL 1

(*Sem sair do lugar*) Que mancha? (*Olhando para onde Carol 2 indica*) Ah! Essa aí? Essa não é nada. (*Apontando para dentro da cena*) Vá lá dar uma olhada na mancha do tapete.

Carol 1 continua se maquiando defronte ao espelho. Aplica pó de arroz em todo o rosto, numa quantidade um tanto exagerada. Carol 2 anda em direção ao centro do palco, mas, no segundo passo, sua bota afunda numa poça de sangue. Ela se abaixa e passa o dedo na poça. Seu dedo fica vermelho. Ela o esfrega na roupa para limpá-lo, manchando o vestido branco. Ainda agachada, olha em torno e percebe que há, no chão, outras poças como aquela, formando uma trilha de sangue que leva da entrada até o sofá. Então, de gatinhas, vai de poça em poça, sempre verificando o frescor do sangue com o dedo e limpando-o em seguida no vestido branco, que, em pouco tempo, fica todo pontilhado de manchas vermelhas. Enquanto isso, Carol 1 se maquia. Ouve-se vivamente o barulho da água do chuveiro caindo. Carol 2 segue, de gatinhas, em direção ao tapete. A cada poça de sangue, para, mergulha os dedos e olha-os perplexa antes de limpá-los no vestido branco.

CAROL 1

(*Quebrando o silêncio*) Queria saber usar sombra.

Carol 2 continua a engatinhar pelo chão, investigando as poças de sangue. Parece não ter ouvido Carol 1.

CAROL 1

(*Falando mais para si do que para Carol 2*) Eu tenho tantas sombras, mas não sei usar. Ganhei umas três de presente. Tenho até uma rosa. (*Virando-se para Carol 2 e estendendo para ela o estojo de maquiagem*) Olha só. É tão bonita. Não é? Pena que não sei usar.

Carol 2 não presta atenção em Carol 1. Continua caminhando de gatinhas pelo palco. Ela já está em cima do pelego e se aproxima da grande mancha vermelha.

CAROL 1

(*Pegando o delineador para os olhos*) E o delineador?

Carol 2, ajoelhada, abaixa o rosto até o pelego e cheira a mancha vermelha.

CAROL 1

(*Passando o delineador junto dos cílios*) Eu até uso delineador, mas não consigo passar direito. Sempre acabo borrando e fica parecendo que eu levei um soco no olho.

CAROL 2
(*Levantando-se subitamente*) Carol!

Carol 1 leva um susto com o grito de Carol 2 e acaba fazendo um risco na pálpebra com o delineador.

CAROL 1
(*Contrariada*) O que é? Quer me matar do coração?

CAROL 2
(*Apontando para a mancha vermelha*) O que é essa mancha, Carol?

CAROL 1
Eu não disse que essa era grande? Quanto sangue, não? (*Voltando-se para o espelho, tentando consertar, com o pó de arroz, o borrão no olho que fizera com o delineador*) A faxineira vai ter um ataque quando vir isso aí amanhã.

CAROL 2
Mas, Carol, é muito grande!

CAROL 1
Pois eu sei. Já estou até imaginando o tanto de água oxigenada que será preciso para dar um jeito nisso. A Juraci já tem a irritante mania de usar mais produto de limpeza do que o necessário. Imagina quando ela vir essa mancha!

Carol 2 se abaixa novamente e examina a mancha mais de perto.

CAROL 2
Mas tem até caco de vidro aqui!

CAROL 1
Nem brinca! É capaz de a Juraci pedir demissão.

Carol 2 começa a mexer nos cacos de vidro como se fossem peças de um quebra-cabeça, tentando reconstituir o objeto que formavam.

CAROL 2
Era uma taça! Uma taça, Carol!

Carol 1 dá de ombros e continua a se maquiar. Carol 2 cheira os pedaços de vidro e analisa por mais algum tempo a mancha no pelego. Depois, levanta-se e, ao perceber que suas mãos estão sujas, limpa-as uma última vez no vestido. Visivelmente cansada, senta-se numa poltrona defronte à mancha, à esquerda do palco. Carol 1 está terminando de se maquiar. Dá os últimos retoques com o pó de arroz, tentando cobrir o risco que fizera com o delineador. Por fim, guarda a esponjinha do pó de arroz, fecha o estojo e se dirige para o centro do palco. Senta-se na outra poltrona, à direita, e deposita o estojo de maquiagem no chão a seu lado.

CAROL 1
(*Suspirando*) Cansada.

CAROL 2
Você não dormiu?

CAROL 1

Dormi, sim. Mas acho que dormi pouco.

CAROL 2

(*Apontando com a cabeça para o fundo do palco*) E ele?

CAROL 1

(*Dando de ombros*) Não sei. Acho que ele dormiu, sim. Mas não tenho certeza. Desconfio que ele estava dormindo quando... quando... aconteceu.

CAROL 2

E como foi que aconteceu?

CAROL 1

Não sei. Só ouvi o barulho dele caindo. Foi um estrondo, Carol, você não faz ideia. (*Imitando o som*) Eu só ouvi o blaaaaammmmmm! (*Apontando para a mancha no pelego*) E, depois, ele estava no chão, bem aí, duro e estatelado.

CAROL 2

Mas onde você estava, Carol?

CAROL 1

(*Batendo de leve com as mãos nos braços da poltrona*) Aqui. Bem aqui.

CAROL 2

E ele? Onde ele estava?

CAROL 1
Aí no sofá. Estava deitado com a cabeça perto de onde você está. (*Indicando mais uma vez a mancha no pelego*) Não vê a mancha?

Pausa. Ouve-se bastante alto o barulho da água caindo do chuveiro aberto.

CAROL 2
Há quanto tempo ele está no banho?

CAROL 1
(*Hesitante*) Sei lá. Uns vinte minutos, meia hora. (*Pausa*) Talvez um pouco mais. (*Pausa*) Ou um pouco menos. Não sei ao certo.

CAROL 2
Então ele entrou no banho um pouco antes de eu chegar.

CAROL 1
(*Categórica*) Não. Acho que foi bem antes.

CAROL 2
Então não foi há uns vinte minutos, meia hora. Foi há bem mais tempo.

CAROL 1
(*Sem muita convicção*) Talvez. Talvez tenha sido há mais tempo, sim. (*Como se calculasse*) Ele deve ter entrado no chuveiro, então, há uma hora, uma hora e quinze.

CAROL 2

Há uma hora, uma hora e quinze?! Você está louca, Carol? Como é que deixou ele lá dentro sozinho por tanto tempo? (*Levantando-se de um salto*) Eu vou lá ver se ele está bem.

CAROL 1

(*Levantando-se também*) Não! Não vá. Por favor, acho melhor você não ir.

CAROL 2

Por quê?

CAROL 1

Porque é melhor.

CAROL 2

Mas eu tenho o direito de vê-lo.

CAROL 1

Eu sei que você tem o direito de vê-lo. Você vai vê-lo, mas...

CAROL 2

(*Interrompendo-a*) Então por que não posso ir lá dentro vê-lo?! (*Descontrolando-se*) Ele já deve estar completamente murcho! Ele deve estar uma passa de uva, coitado! É muita água caindo por muito tempo na cabeça dele. Nenhuma pessoa no mundo toma um banho tão demorado! Eu tenho que fazer alguma coisa. Eu preciso... Eu devo fazer alguma coisa. Vá que ele tenha escorregado no sabonete. Ou que ele tenha levado um choque no chuveiro.

CAROL 1

(*Aproximando-se de Carol 2*) Calma. O chuveiro é a gás. Não tem como tomar choque. Fique tranquila. Não aconteceu nada.

CAROL 2

(*Acalmando-se*) Como não aconteceu nada, Carol? Como não aconteceu nada?

Carol 1 tenta abraçar Carol 2, mas esta a repele. Carol 1 se afasta e faz sinal para que Carol 2 se sente. Carol 2, depois de alguns segundos de indecisão, se senta novamente. Carol 1 também volta para sua poltrona. Pausa.

CAROL 2

Deixa eu ir vê-lo.

CAROL 1

Não, Carol, acho melhor não. Não é a melhor coisa a fazer. Pelo menos, não agora.

Pausa. Carol 2, séria, olha fixo para Carol 1. Carol 1, por sua vez, devolve-lhe o olhar. As duas ficam se encarando em silêncio por algum tempo. Não há ódio nem simpatia em suas atitudes. Olham-se como se estivessem prestes a enfrentar-se num duelo. Ouve-se claramente a água do chuveiro caindo.

CAROL 2

Você esqueceu da sombra.

CAROL 1

Eu disse que não sei passar sombra.

CAROL 2
Você quer que eu passe em você?

CAROL 1
Mas você sabe passar sombra?

CAROL 2
Claro que eu sei passar sombra. Do contrário, não ofereceria.

CAROL 1
Por que você não usa sombra, então?

CAROL 2
Porque eu não gosto, ora bolas. Não sou muito de maquiagem. Prefiro rosto lavado.

CAROL 1
E você sabe passar sombra nos outros ou só em si mesma?

CAROL 2
Tanto faz, Carol.

CAROL 1
Não. Não é tanto faz. Uma coisa é passar sombra em si mesma, outra é passar nos outros.

CAROL 2
(*Perdendo um pouco a paciência*) Você quer ou não quer que eu passe sombra em você?

CAROL 1

Eu gostaria muito. Obrigada.

Carol 2 se levanta da poltrona e vai até Carol 1. Pega o estojo de maquiagem do chão e espalha — delicada, concentrada e silenciosamente — a sombra nas pálpebras da outra. Ouve-se o barulho da água do chuveiro caindo. Quando Carol 2 está quase terminando de passar a sombra em Carol 1, esta volta a falar.

CAROL 1

Acho que a culpa toda foi do furúnculo.

Carol 2 para por um instante de maquiar Carol 1 e a encara, esperando que ela continue a falar.

CAROL 1

(*Como se respondesse a uma pergunta que não foi formulada*) O furúnculo da bunda.

Carol 2 continua, impávida, a encará-la.

CAROL 1

Aquele imenso furúnculo na nádega esquerda, sabe?

Carol 2 nem piscar pisca.

CAROL 1

Você não viu o furúnculo?

Carol 2 faz que não com a cabeça.

CAROL 1

Mas como você não viu o furúnculo? É imenso! E nojento: puro pus já amarronzado. (*Fazendo careta*) Um nojo! Acho que ele vai ter que procurar um médico.

Pausa. Carol 2 continua a encarar Carol 1.

CAROL 1

Tem certeza que você não viu o furúnculo? (*Fazendo um círculo com as duas mãos juntas*) É assim, ó.

Carol 2 não esboça reação. Permanece parada, na mesma posição, a olhar fixamente para Carol 1. Esta, por sua vez, a encara de volta. Pausa.

CAROL 2

(*Num fio de voz, como se estivesse sem falar há muito tempo*) E você? Você viu esse furúnculo?

Pausa. Carol 1 fica em silêncio. Ouve-se sempre o barulho da água do chuveiro caindo.

CAROL 1

O que eu queria dizer é que, se não fosse o furúnculo, ele talvez não tivesse se virado no sofá. Ele está sentindo muita dor na bunda, sabe? Estava doendo muito ficar sentado. Também, com um furúnculo daquele tamanho... Por isso, ele tinha se deitado. E, por isso, ele tinha se virado de lado. Talvez por isso...

Carol 1 se cala. Carol 2 encara Carol 1 por alguns segundos. Em seguida, suspira e termina de passar sombra nas pálpebras da outra. Por fim, fecha o estojo e o entrega a Carol 1.

CAROL 1
(*Abrindo o estojo e admirando-se no espelhinho interno*) Obrigada. Ficou muito bom.

Carol 2 volta a se sentar na poltrona da esquerda. Cruza braços e pernas e fica, de lá, encarando Carol 1, que continua a se olhar no espelhinho do estojo.

CAROL 1
Fiquei com o olho borrado. (*Virando-se para Carol 2*) Não por causa da sombra, mas por causa do delineador.

Pausa. Carol 1 permanece se admirando no espelhinho. Carol 2 apenas a encara, de braços e pernas cruzados.

CAROL 1
(*Fechando o estojo e suspirando*) Que chateação.

Pausa longa. Carol 2 olha Carol 1 fixamente.

CAROL 2
(*Quebrando o silêncio de repente*) Por que a trilha de sangue vai do tapete à entrada do apartamento e não do tapete ao banheiro?

Carol 1 olha, com a testa franzida, para a mancha do tapete e para as manchas que levam até a porta, como se as visse pela primeira vez.

CAROL 1
Boa pergunta. Não sei.

CAROL 2
Não faria mais sentido se as poças formassem uma trilha do tapete até o banheiro ou até a cozinha?

CAROL 1
Talvez.

CAROL 2
Por que, então, elas vão daqui até a porta?

CAROL 1
Não sei.

CAROL 2
E elas vão só até a porta ou vão além?

CAROL 1
Como assim?

CAROL 2
As poças param na porta ou vão além da porta?

CAROL 1
Não sei.

Carol 2 se levanta e caminha até a porta. Carol 1 a acompanha com o olhar. Carol 2 abre a porta, sai e volta.

CAROL 2
Lá fora não tem nada. Está tudo limpo. As poças vão só até a porta.

CAROL 1
(*Pensativa*) Que estranho.

CAROL 2
(*Indo até onde está Carol 1 e parando na sua frente*) Carol, por Deus, você estava aqui. Por que as poças vão do tapete até a porta e não até o banheiro?

CAROL 1
Pois é, eu estava aqui. Estava mesmo. (*Batendo com as mãos nos braços da poltrona*) Estava bem aqui.

CAROL 2
E então?

CAROL 1
Não sei.

Carol 2, num gesto de desespero, abre os braços e os deixa cair de modo que as palmas de suas mãos batem com força em suas coxas. Ela volta, em silêncio, para seu lugar. Carol 1 se mantém calada. Carol 2 se senta, cruza as pernas e começa a balançar o pé que está no ar, enquanto tenta se distrair olhando ora para suas próprias unhas, ora para o ambiente em torno. Carol 1 cruza os braços e fica a observar as poças de sangue no chão, com olhar cansado.

CAROL 2
Você tem certeza de que ele está no banheiro?

CAROL 1
Claro! (*Hesitante*) Quer dizer... não...

CAROL 2
(*Irritando-se*) Tem ou não tem certeza?

CAROL 1
Tenho, sim. Claro que tenho. Eu o vi indo para o banheiro.

CAROL 2
Tem certeza de que ele não saiu?

CAROL 1
Claro que não saiu. Quando ele se levantou foi para ir ao banheiro. Disse que precisava tomar um banho.

CAROL 2
Mas então ele só se levantou há pouco tempo!

CAROL 1
Sim... Quer dizer, não... (*Irritando-se*) Sei lá, Carol. Olha só as perguntas que você me faz!

CAROL 2
Olha só as respostas que você me dá! Assim não dá, Carol! (*Levantando-se*) Eu vou lá ver se ele está ou não no banheiro.

CAROL 1
(*Levantando-se num golpe*) Não! Não vá! Por favor, já disse para você não ir.

CAROL 2
Mas eu preciso me certificar de que é ele que está no banheiro.

CAROL 1
Pensa, Carol. Se não fosse ele, seria quem?

CAROL 2
Sei lá, Carol. Como vou saber? Deixa eu ir lá ver.

CAROL 1
Não! Já disse que não — e é não. A casa é minha. Senta, guria, e não incomoda.

Carol 2, mesmo contrariada, se senta. Carol 1 se senta também. Ela apoia os cotovelos nos braços da poltrona e o queixo nas mãos e fica com o olhar perdido, pensativa. As duas permanecem caladas por um bom tempo.

CAROL 2
Digamos que ele tenha, de fato, se levantado e ido direto para o banheiro. Como você me explica as poças de sangue do tapete até a porta?

CAROL 1
Ah, não! De novo essa discussão!... (*Breve pausa*) Sei lá. Vai ver jorrou sangue até a porta.

CAROL 2
Como jorrou sangue até a porta, Carol?

CAROL 1
Jorrando, ora. Deve ter espirrado sangue até lá. Sabe chafariz?

CAROL 2
Mas se jorrou sangue até lá, a ferida teria que ser muito feia, Carol! Ele estaria morto!

CAROL 1
Não. Morto ele não está, porque ele está no banho. (*Apontando para dentro*) Ouve só o chuveiro.

Pausa. Ouve-se o barulho da água do chuveiro caindo.

CAROL 2
De onde saiu o sangue, Carol? Onde foi a ferida? Foi no rosto?

CAROL 1
Não sei. Não vi direito, porque ele ficou caído com a cara enfiada no tapete.

CAROL 2
E você o deixou com a cara no tapete? Você queria que ele se afogasse no sangue?

CAROL 1
Claro que eu não queria que ele se afogasse no sangue!

CAROL 2
Então por que você não fez nada?

CAROL 1
(*Suspirando*) Ai, Carol, você cansa a minha beleza, sabia? Não quero mais ser sua amiga.

Carol 2 se cala, contrariada. Carol 1 vira o rosto para o lado, evitando olhar para Carol 2. Longa pausa.

CAROL 2
(*Quebrando o silêncio*) E que horas foi?

CAROL 1
Como?

CAROL 2
Que horas foi?

CAROL 1
Que horas foi o quê?

CAROL 2
Que horas ele caiu, Carol? Acorda!

CAROL 1
Deve ter sido de madrugada.

CAROL 2
Que foi de madrugada, eu sei. Mas a que hora da madrugada? A madrugada é grande, Carol.

CAROL 1

Não é tão grande assim. A madrugada vai das... o quê? Das duas, três até umas cinco... Talvez seis...

CAROL 2

(*Interrompendo Carol 1*) Carol, volte para a Terra! Que horas foi?

CAROL 1

Sei lá. Acho que foi pelas três da manhã.

CAROL 2

Há tanto tempo assim?

CAROL 1

Então foi às quatro ou talvez às cinco.

CAROL 2

Carol, não me enrola! Que horas foi? Foi às três, às quatro ou às cinco?

CAROL 1

Sei lá. Sei lá. Você fica me perguntando tudo, fica me pressionando, me obrigando a falar. Estou ficando estressada! Meu coração está disparando. Daqui a pouco eu começo a chorar. (*Baixando o tom de voz*) E se eu começar a chorar, vai estragar toda a minha maquiagem. E a culpa vai ser sua. Vai ser toda sua. (*Resmungando num tom muito baixo*) A culpa é sempre sua. Sempre sua.

Carol 1 se cala, cruza os braços e fica encarando a outra. Depois de um tempo, mostra a língua para Carol 2, que retribui o gesto. Longa pausa, durante a qual as duas mal se olham.

CAROL 1
(*Virando-se para Carol 2 e quebrando o silêncio de repente*) Sabe a Gilda?

CAROL 2
Gilda? Que Gilda?

CAROL 1
A Gilda. A famosa.

CAROL 2
(*Sorrindo*) Não é Gilda. É Zelda. Você sempre erra o nome dela.

CAROL 1
É, isso mesmo. A Zelda. Sabe a Zelda?

CAROL 2
Sei, sim. O que tem ela?

CAROL 1
Soube que ela matou o marido?

CAROL 2
Sério? Eu nem sabia que ela era casada.

CAROL 1

Pois não só era como matou o marido. Ele estava em coma há anos. Talvez por isso você não o tenha conhecido.

CAROL 2

E você o conhecia?

CAROL 1

Não. Não o conhecia. Mas sabia que ela tinha marido e que ele estava em coma fazia tempo.

CAROL 2

O que ele tinha?

CAROL 1

Não sei, mas devia ser terrível. Chegou uma hora, ela não aguentou mais e mandou desligar os aparelhos.

CAROL 2

Mas assim, sem mais, como se ele fosse um aspirador de pó?

CAROL 1

Sim. Assim mesmo, como se ele fosse um aspirador de pó.

As duas se calam. Pausa longa. Ouve-se a água do chuveiro caindo.

CAROL 1

(*Inclinando o corpo para a frente em direção a Carol 2, como se quisesse lhe contar um segredo*) E você sabia que a Gilda é travesti?

CAROL 2
Não é Gilda. É Zelda.

CAROL 1
Isso. A Zelda.

CAROL 2
Sabia, sim, claro. Todo mundo sabe que a Zelda é travesti.

CAROL 1
(*Voltando à posição original e demonstrando certa indignação*) Como assim, todo mundo sabe? Fiquei sabendo disso só ontem à noite.

CAROL 2
Ontem à noite? Então foi ele quem contou a você?

CAROL 1
(*Interrompendo Carol 2*) Mas como todo mundo sabe?

CAROL 2
Saiu no jornal. No ano passado. Você não lembra? Nós até comentamos.

CAROL 1
(*Pensativa*) No jornal?... Que estranho... Não lembro de ter lido nada sobre isso...

Pausa. As duas se calam. Ouve-se alto o barulho da água do chuveiro.

CAROL 1
(*Quebrando o silêncio*) Será que ela operou?

CAROL 2
Como assim operou?

CAROL 1
(*Apontando para o baixo ventre*) Operou...

CAROL 2
Ah! Operou. (*Pausa, pensativa*) Não sei. Acho que sim.

CAROL 1
Não dizia na reportagem?

CAROL 2
Que reportagem?

CAROL 1
(*Um tanto irritada*) Você não disse que tinha saído no jornal?

CAROL 2
Ah, sim! A reportagem. (*Pausa, pensativa*) Não lembro se falava sobre isso. Acho que não.

CAROL 1
(*Ainda mais irritada*) Acha que não o quê? Que não falava sobre isso ou que ela não era operada?

CAROL 2
Acho que não falava. (*Irritando-se também*) Mas o que importa se a Zelda é ou não operada?

CAROL 1
(*Acalmando-se*) É. Não importa. Era só curiosidade mesmo.

Pausa.

CAROL 1
Como será que é feita?

CAROL 2
Como será que é feita o quê?

CAROL 1
A operação.

CAROL 2
Sei lá. Eles devem cortar fora e pronto.

CAROL 1
Será que sai muito sangue?

CAROL 2
Em qualquer operação deve sair muito sangue.

CAROL 1
Dizem que em operações de nariz sai mais, muito mais. (*Depois de uma breve pausa*) Será que esguicha?

CAROL 2
Não. Acho que não. Quem é que ia querer ser médico se esguichasse?

CAROL 1
Já imaginou que horror: o sangue jorrando do sujeito como se fosse uma fonte?

CAROL 2
(*Batendo três vezes com a mão direita fechada no braço na poltrona*) Cruz-credo, Carol! Isola.

Pausa. As duas ficam em silêncio. Ouve-se o barulho da água do chuveiro caindo.

CAROL 1
(*Quebrando o silêncio*) Mas a Morgana não é.

CAROL 2
A Morgana não é o quê?

CAROL 1
Operada.

CAROL 2
(*Subitamente animada*) É. A Morgana não é. Eu até já vi o pau dela.

CAROL 1
(*Rindo*) Que frase, hein, Carol? Deve ser isso a pós-modernidade: "Eu até já vi o pau dela". O pau dela...

As duas riem. Começam a rir timidamente, mas, aos poucos, o riso vai se tornando contagiante e as duas caem na gargalhada.

CAROL 1
(*Limpando as lágrimas de tanto rir*) O pau dela!

CAROL 2
(*Soluçando da risada*) O pau dela!

Elas continuam gargalhando.

CAROL 1
O pau dela.

CAROL 2
O pau dela.

As gargalhadas vão aos poucos esmorecendo. Elas passam a apenas rir. Olham-se, de vez em quando, e riem um pouco mais. Mas a risada vai morrendo, até que elas param totalmente de rir e voltam a ficar sérias. Carol 1 pega novamente o estojo de maquiagem e, olhando-se no espelhinho, corrige um ou outro borrão. Carol 2 volta a cruzar braços e pernas e fica observando Carol 1. Ouve-se o barulho da água do chuveiro caindo. Esse barulho se torna cada vez mais forte, como se uma mancha de som se alastrasse por toda a sala. Quando o barulho beira o insuportável, a luz se apaga subitamente. Fim.

O CORAÇÃO DOS HOMENS

I

Quando pequena, fui o espelho numa encenação de
[*Branca de Neve e os sete anões*.
A peça era toda falada em inglês.
E o público, crianças monoglotas da pré-escola.

Tínhamos dez anos e mal falávamos inglês.
Aliás, mal falávamos português.
Havia um colega que dizia "largatixa" em vez de "lagartixa".

Ele nunca adoçava o suco de uva com açúcar mascavo.
Ouvia "mascado"
e tinha nojo.

Esse meu colega também sofria de incontinência urinária
e não tinha os mamilos:
em seu abdômen só havia o umbigo.

Para nos assustar, ele levantava a camiseta
e corria atrás de nós mostrando o branco dos olhos.
Tínhamos muito medo dele.

Não lembro qual foi seu papel na peça.
Lembro quem foi o Príncipe
e lembro quem foi a Branca de Neve.

A Branca de Neve tinha alergia a lã.
Só usava roupa de tecido sintético,
especialmente um casaco azul e amarelo de náilon.

Em seus aniversários, se os colegas não levavam presente,
ela não tinha pudores: impedia-os de entrar na festinha
e anotava os nomes dos relapsos numa caderneta
[cor-de-rosa.

O Príncipe era filho da professora da primeira série.
Ele se tinha em altíssima conta
e todas as meninas queriam namorar com ele.

(Menos eu.
Eu era apaixonada por outro colega:
um menino moreno, brincalhão, que morreu de leucemia
[aos onze anos.)

Mas não lembro mesmo o papel do meu colega sem
[mamilos.
Talvez tenha sido um dos sete anões,
embora eu também não lembre quem foram os outros
[seis.

Eu era o espelho.
Minha melhor amiga era a madrasta.
Quando a madrasta se transformava em bruxa, aí já era
[outra pessoa.

Também não lembro quem fazia a madrasta quando esta
[se transformava em bruxa.
Mas lembro que ela dizia:
"This is the poisoned apple".

Depois, ela devia gargalhar,
muito e alto,
como bruxa de desenho animado.

Mas a menina que fazia o papel não sabia rir,
menos ainda gargalhar.
Foi outra colega que lhe ensinou.

O aprendizado se deu no banheiro, transformado em
[camarim.
Do lado de fora, só se ouviam as gargalhadas das duas
[meninas.
Ninguém mais escutava o que se dizia no palco.

A professora de inglês se irritou com a barulheira.
Interrompeu a encenação
e entrou no banheiro de vassoura em punho.

Ela queria bater nas meninas,
mas o diretor da escola a impediu.
E ela, de raiva, mordeu o lábio até sangrar.

Lembro que todos passaram dias envolvidos com a
[confecção do figurino
e com a elaboração da maquiagem
e com a escolha dos adereços que comporiam seus
[personagens.

Mas eu não,
porque eu era o espelho,
e o espelho seria um espelho de verdade.

Eu ficaria atrás do espelho.
Um espelho grande, de pé, antigo,
com moldura de madeira.

Pouco importava a roupa que usaria,
quase nada de mim apareceria na peça.
Subiria ao palco com o uniforme cinza e vermelho da
[escola.

Lembro que a madrasta e a bruxa usavam o mesmo
[vestido.
Na hora da transformação, o zíper do vestido trancou,
e a bruxa demorou quinze minutos para entrar em cena.

Sem saber o que fazer, a Branca de Neve deu uma de Gata
[Borralheira:
varreu e tirou o pó de todos os cantos da casa dos anões.
E as crianças, que já não estavam entendendo nada,
[entenderam menos ainda.

Lembro também que a madrasta perguntava ao espelho
[logo no início da peça:
"Mirror, mirror on the wall,
who is the fairest of us all?".

E o espelho respondia:
"Her lips are like blood, her hair is like night,
her skin is like snow, her name's Snow White".

Algum tempo depois, inconformada, a madrasta
[procurava novamente o espelho:
"Mirror, mirror on the wall,
who is the fairest of us all?".

E o espelho entregava o paradeiro da Branca de Neve:
"She is with the seven dwarfs. She will spend the night.
She is the fairest, and her name's Snow White".

Essas eram minhas duas falas.
Todos tinham que recitar pelo menos uma frase.
A ideia era que a turma inteira exibisse seu inglês
[capenga.

O problema era que não havia papel para todo mundo.
A *entourage* da Branca de Neve não era tão grande assim,
e nós éramos trinta e cinco na turma.

A solução: povoar a floresta.
Tinha de tudo entre a casa da madrasta e a casa dos anões.
De coruja a mendigo.

Teve até gente que foi árvore,
gente que foi banquinho de madeira.
(E a professora cogitou aumentar o número de anões.)

E todos falavam.
Falavam mal.
Mas falavam.

Na falta do que falar, delatavam a Branca de Neve.
Apontavam a casa dos anões e sussurravam à bruxa:
"She is there".

Em geral, nosso inglês era incompreensível.
A Branca de Neve, por exemplo, nunca achava nada,
ela sempre afundava.

Ao colocar os anões para dormir, ela os cobria com merda
em vez de lençóis.
E, ao fim da peça, o Príncipe convidava todos para a festa
[de suas vinte orelhas.

Os monoglotas da pré-escola não percebiam os erros de
[inglês.
Afinal, eram monoglotas.
Logo se entediaram.

Alguns bocejavam.
Outros cabeceavam.
Os mais debochados riam e cochichavam entre si.

Não demorou muito para começarem a jogar coisas na
[gente.
Primeiro, foram chicletes e bolas de papel.
Depois, lápis e giz de cera.

A situação se tornou mais crítica quando passaram a
[cuspir.
Corriam como boçais para a beira do palco improvisado
e soltavam catarrões verdes e grudentos naqueles que se
[achavam ao alcance.

A Branca de Neve levou um catarrão na testa e ameaçou
[chorar.
Os anões riram às pampas.
E a bruxa arremessou sua cesta de maçãs nos monoglotas.

Alguns foram atingidos.
Outros, não.
E os debochados nos mostraram a língua.

As professoras da pré-escola se enfureceram:
queriam acabar com a peça
e mandar a bruxa para o castigo.

A professora de inglês não se abalou.
Virou-se para nós e disse com um exagerado acento
[britânico:
"The show must go on".

Foi aí que menstruei.
Era minha primeira vez.
Ninguém notou.

Eu ficava atrás do espelho.
Ninguém me via.
Só me ouviam (e olhe lá).

Eu também não via ninguém.
Meu horizonte era o verso do espelho:
uma grande moldura de madeira mofada.

Nos ensaios, a ideia era que meu rosto fosse visto acima
[do espelho.
Mas a professora não gostou do resultado
e tirou minha cabeça de cena.

Na apresentação final, apenas oito dos meus dedos
[apareciam na peça.
Mesmo assim, só as pontinhas.
Os dedões, como o resto de mim, ficavam escondidos.

Todos viam o espelho,
e o espelho refletia a todos —
menos a mim.

Por isso, ninguém percebeu quando menstruei.
Nem eu mesma.
Achava que tinha me mijado.

Comecei a exalar um cheiro diferente.
Um cheiro desconhecido.
Um cheiro que me lembrava podridão.

O mijo tem cheiro forte.
O sangue tem cheiro forte.
Mas o cheiro do sangue não é como o cheiro do mijo.

O sangue tem um cheiro adocicado.
Um cheiro persistente.
Um cheiro de morte.

O mijo tem um cheiro ácido.
Um cheiro passageiro.
Um cheiro de rodoviária.

Senti minha calcinha se ensopar.
Não podia ser mijo.
Não cheirava como mijo.

Também não era tão líquido como o mijo.
Era mais visguento.
E eu não sentira vontade de ir ao banheiro.

Fiquei agoniada.
A peça não terminava nunca,
e a minha calcinha estava cada vez mais molhada.

Embora ninguém me visse, senti vergonha.
Eu devia estar vermelha,
como sangue.

Desde então, quando menstruo, o sangue desce feito
[cascata.
Se não troco seguidas vezes o absorvente, escorre pelas
[pernas
e forma poças dentro das minhas sapatilhas brancas de
[plástico.

(Uma amiga da minha mãe menstruou em pleno carnaval
e não percebeu:
suas pernas se tingiram de vermelho.)

Imagino que a menstruação excessiva se deva à ovulação
[igualmente excessiva.
Ou não.
Não sei.

(Minha melhor amiga um dia me disse:
"Eu ovulo muito.
Se gozarem nas minhas coxas, engravido".)

As meninas do colégio me apelidaram de A Sanguinária.
Por causa da menstruação.
Mas não só.

Um dia, os meninos me pediram um absorvente usado.
Eu lhes dei,
e eles o colocaram na maçaneta da sala de aula.

A professora apertou aquele camundongo morto
e ficou com a mão suja de sangue.
Era a mesma professora de inglês.

Quando menstruei pela segunda vez, estava em outra
[apresentação.
Também na escola.
Mas agora sem o espelho.

A imigração era o tema.
Com comidas típicas,
roupas típicas,

músicas típicas,
danças típicas
e suco de uva.

A turma havia sido dividida em duas:
italianos de um lado,
alemães de outro.

Os morenos eram italianos.
Os loiros, alemães.
E a professora de história não sabia o que fazer com nossa
[única colega negra.

(Ela acabou do lado dos alemães.
Não por ironia.
Mas porque havia mais morenos do que loiros na turma.)

Eu fiquei do lado alemão,
porque, além de loira, tenho olhos azuis.
Mas queria ter ficado do lado italiano.

Não gosto de chucrute,
detesto cuca
e salsicha não é meu prato preferido.

Queria comer massa,
polenta
e galeto.

Todos tinham que levar um prato típico.
Um prato que a professora de história considerasse típico.
Porque nem todos os pratos eram de fato típicos.

Eu não sabia o que levar.
Minha mãe também não.
Ela nunca gostou de cozinhar.

Uma vez, ela trocou o creme de leite por leite condensado
[no estrogonofe.
Meu pai lavou tira por tira de filé mignon numa tentativa
[inútil de salvar o prato.
Acabaram dando tudo à cocker, que latia, na sacada,
[desgostosa com a comida.

Quando tinha festa na escola, minha mãe fazia sanduíches
[de presunto e queijo.
Ninguém gostava,
e eu comia todos para que ela não desconfiasse.

Daquela vez, ela teve a ideia de pedir a meu avô para
[preparar uma polenta.
Meu avô era filho de italiano
e fora criado por sua avó, italiana de Vicenza.

Ele fez uma de suas maravilhosas polentas rústicas,
toda recoberta com molho de tomate cozido durante
[horas
e enfeitada com lascas de parmesão e folhas de
[manjericão fresco.

Só tinha um porém: não era nada alemã.
Para minha mãe, não havia problema.
Ninguém iria notar.

Mas a professora de história notou
e teve um chilique.
Falou em jogar tudo fora e me suspender da atividade.

Comecei a chorar.
Torrencialmente.
Não sei de onde vinham tantas lágrimas.

Soluçava alto.
Dizia que me arrependia amargamente
de ter levado a polenta rústica.

Caí de joelhos no chão
e perguntava, repetidas vezes,
com os braços erguidos:

"Por que não fizeram salsicha bock para eu trazer?
Por que não linguiça?
Por que não chucrute?"

A professora de história pedia que eu me acalmasse.
Nada aconteceria comigo.
Ela me prometia.

E buscava conter sua impaciência
batendo com força sua plataforma de cortiça
no assoalho de madeira do hall do colégio.

Sequei as lágrimas com as costas das mãos,
lambi o ranho que escorria do nariz
e funguei.

Se não havia castigo,
estava tudo bem.
E perdoei mais uma vez em segredo a total falta de noção
[da minha mãe.

Chegara a hora das danças.
Toda a turma estava dividida em pares.
Em geral, meninos com meninas.

No entanto, nunca sobravam meninos para fazer par
[comigo.
Sempre fui uma das mais altas da turma.
E os meninos, nesta idade, continuavam tampinhas.

Acabava sendo obrigada a dançar com uma menina —
invariavelmente, uma varapau como eu
(naquela época, também me chamavam de Poste).

Na apresentação organizada pela professora de história,
os italianos dançavam tarantela,
os alemães se vestiam de tiroleses (que, descobri depois,
[nem alemães eram).

Mas nem a tarantela nem as vestes tirolesas
eram típicas dos imigrantes que foram para o Sul.
A professora de história tinha uma versão muito
[particular da história.

Eu vestia camisa branca sob uma jardineira verde, curta e
[rodada.
Duas grossas tranças circundavam minha cabeça,
e meias brancas subiam até meu joelho.

Os meninos alemães estavam de bermudão verde com
[suspensório.
Por baixo, usavam uma camisa branca,
e meias brancas também subiam até seus joelhos.

Os meninos italianos vestiam um bermudão preto com
[uma faixa vermelha na cintura.
A camisa era branca, mas parcialmente escondida por um
[colete preto.
Nos pés, as indefectíveis meias brancas até os joelhos.

As meninas italianas trajavam saias vermelhas, compridas
[e rodadas.
Suas camisas também eram brancas,
e as horrendas meias brancas até os joelhos eram tapadas
[pelas longas saias.

Os italianos agitavam pandeiros com fitas coloridas.
Os alemães, nada.
No máximo, acarinhavam seus suspensórios.

Queria muito estar do outro lado.
A comida era melhor
e parecia ser mais divertido.

A tarantela era alegre e agitada.
A dança que inventaram para nós lembrava um minueto
[fúnebre.
Aliás, nunca soube de nenhuma dança parecida no
[folclore germânico.

Saltinho para cá,
saltinho para lá,
menstruei.

O sangue desceu como uma avalanche.
Não demorou para chegar aos joelhos.
Quando o vi se aproximar das malditas meias brancas,
[não titubeei:

corri até a mesa das comidas,
saltei e sentei na polenta rústica do meu avô.
O vermelho do molho se misturou ao vermelho do
[sangue.

Ninguém, de novo, percebeu que eu menstruara.
Mas fui suspensa por uma semana.
Desde então, peguei horror a ser mulher.

Na vigésima vez que menstruei, era Semana da Inversão:
professores se tornavam alunos,
alunos se tornavam professores.

Eu e minha melhor amiga escolhemos dar aula de
[religião.
Queríamos ver todo mundo se ajoelhando e rezando.
Estávamos nos divertindo com a ideia.

Levamos a turma em procissão até a sala que escolhemos
[para as rezas.
Eu carregava nos braços, junto ao peito, a Santa da minha
[mãe.
(Ela nem desconfiava que a sequestráramos.)

Todos tinham que se ajoelhar no chão duro e gelado
e entoar cinco pai-nossos, quatro ave-marias e dois
[credos.
E, depois, deviam ler, em uníssono, este trecho da Bíblia:

"Quando uma mulher tiver um fluxo de sangue
e que seja fluxo de sangue do seu corpo,
permanecerá durante sete dias na impureza das suas
[regras.

Quem a tocar ficará impuro até a tarde.
Toda cama sobre a qual se deitar com o seu fluxo ficará
[impura,
todo móvel sobre o qual se assentar ficará impuro.

Todo aquele que tocar seu leito deverá lavar suas vestes,
banhar-se em água
e ficará impuro até a tarde.

Todo aquele que tocar um móvel, qualquer que seja, onde
[ela tiver se assentado,
deverá lavar suas vestes, banhar-se em água,
e ficará impuro até a tarde.

Se algum objeto se encontrar sobre o leito
ou sobre o móvel no qual ela está assentada,
aquele que o tocar ficará impuro até a tarde.

Se um homem coabitar com ela, a impureza das suas
[regras o atingirá.
Ficará impuro durante sete dias.
Todo leito sobre o qual ele se deitar ficará impuro.

Quando uma mulher tiver um fluxo de sangue de diversos
[dias,
fora do tempo das suas regras, ou se as suas regras se
[prolongarem,
estará no mesmo estado de impureza em que esteve
[durante o tempo das suas regras.

Assim será para todo leito sobre o qual ela se deitar,
durante todo o tempo de seu fluxo,
como o foi para o leito em que se deitou quando das suas
[regras.

Todo móvel sobre o qual se assentar ficará impuro, como
[quando das suas regras.
Quem os tocar ficará impuro, deverá lavar suas vestes,
[banhar-se em água,
e ficará impuro até a tarde.

Quando estiver curada de seu fluxo,
contará sete dias,
e então estará pura."

"No oitavo dia..."
"Basta!", interrompeu o professor de religião.
"Vocês estão pensando o quê?"

Sem esperar resposta, ele nos pegou pelo braço
e nos arrastou até a sala do diretor.
(Isso que nem havíamos lido a parte da gonorreia.)

No caminho, menstruei.
O professor e o diretor falavam falavam falavam
e eu nem prestava atenção.

Ao levantar da cadeira, percebi que havia se formado uma
[pequena poça.
Uma poça vermelha.
Uma poça de sangue.

Olhei, cabisbaixa, para os dois.
Eles olharam para a cadeira e, em seguida, para mim.
E eu disse:

"Todo aquele que tocar um móvel, qualquer que seja,
[onde ela tiver se assentado,
deverá lavar suas vestes, banhar-se em água,
e ficará impuro até a tarde."

II

Uma vez, a mancha de sangue no absorvente parecia ter o
[formato do meu rosto.
Isso aconteceu no dia em que completei quinze anos.
Desde então, passei a ter um sonho recorrente.

Sonhava que tinha acordado.
Precisava ir urgentemente ao banheiro,
mas não o encontrava.

Procurava-o por todo o apartamento.
Abria todas as portas com as quais deparava.
Mas nenhuma era o banheiro.

A vontade de mijar só crescia.
Pensava em me aliviar ali mesmo no corredor.
Até que notava a latrina ao meu lado.

Arregaçava a camisola,
sentava-me
e soltava um jato de urina que parecia não ter mais fim.

Ao me levantar, percebia que o fundo do vaso era puro
[sangue:
a cerâmica branca ficara completamente vermelha
e as paredes em volta, também brancas, tinham manchas
[encarnadas.

Eu me aproximava da latrina.
Espiava seu interior agora rubro:
sobre as águas sanguíneas, navegava um barquinho de
[papel.

O barquinho era alvo.
Dentro dele, estavam a Branca de Neve e o Príncipe —
não sei se mortos ou trepando.

III

A Santa chegou hoje aqui em casa.
Ela vai embora amanhã.
A vizinha da frente virá pegá-la assim que o sol nascer.

Nunca sei o que fazer com a Santa.
Desta vez, coloquei-a em cima da mesa da sala
do lado do porco de cerâmica.

Fiquei olhando para a Santa
e ela olhando para mim.
Não tínhamos nada para falar.

Foi quando percebi uns papeizinhos saindo de trás dela.
Peguei-a no colo.
Virei-a de bruços.

A Santa era oca
e tinha uma portinhola nas suas costas.
Dentro, muitos papeizinhos.

Abri um deles.
O mais amarelado e amassado.
Parecia ter sido esquecido ali.

Era um bilhete,
escrito à mão,
numa caligrafia de volteios:

"Minha mãezinha do céu,
eu te imploro,
me protege."

A VERDADE SOBRE O CORAÇÃO DOS HOMENS

I

Quando pequena, fiz parte de uma encenação de
[*Branca de Neve e os sete anões*.
Mas não fui o espelho.
Fui a bruxa.

Ensaiei para ser o espelho,
mas a menina que fazia a bruxa
ficou com vergonha e não quis aparecer.

O espelho era o melhor papel
para quem queria sumir.
E ela sabia disso.

Também não tínhamos dez,
mas doze anos.
E nossa única colega negra já havia completado treze.

Não era meu colega sem mamilos,
mas eu mesma quem entendia açúcar "mascado"
em vez de açúcar mascavo.

Também não era ele,
mas minha melhor amiga
quem dizia "largatixa" em vez de "lagartixa".

Esta amiga era um ano mais velha que eu
e também falava "picoca"
em vez de "pipoca".

E não era a Branca de Neve, mas eu mesma
quem não deixava os convidados sem presentes
entrarem na festa de aniversário.

O menino por quem eu era apaixonada não morreu
[de leucemia
mas de câncer linfático.
E não aos onze, mas aos sete anos.

Quem morreu de leucemia foi um outro colega
por quem eu não era apaixonada,
mas de quem era muito amiga.

Ele não tinha sete
nem onze,
mas treze anos.

Com trinta e três, morreu um colega de mestrado.
Não de câncer, nem de leucemia.
Nunca soubemos do que foi.

Ele era alto, pesava menos de 50 quilos
e perdia o fôlego quando subia a escada.
Sem que ele soubesse, convencemos a diretora do
[curso a mudar as aulas para o térreo.

Nunca menstruei em excesso.
Quem menstruava profusamente era uma colega
que tinha voz doce e cara de buldogue.

Enquanto todas menstruávamos por três ou quatro
[dias,
ela sangrava por oito dias seguidos a cada três
[semanas.
Seu uniforme cheirava a sangue.

Minha bisavó não era de Vicenza —
talvez nem fosse italiana.
Faço parte de uma família de mitômanos.

O forte do meu avô na cozinha não era polenta
[rústica,
mas bacalhau em postas e fígado acebolado.
Nem o bacalhau nem o fígado levavam molho
[vermelho.

Ninguém gostava dos sanduíches de presunto e
[queijo da minha mãe,
mas eu não os comia todos sozinha.
Eu os jogava no lixo.

A professora de história
não era professora de história
mas professora de tudo.

A professora de inglês
não colocou a mão num absorvente com sangue,
mas num absorvente pintado com mertiolate.

A professora de inglês do absorvente não era a
[mesma
professora de inglês da apresentação da *Branca de*
[*Neve*.
Mas as duas choravam do mesmo jeito quando a
[turma as provocava.

Os fatos narrados ocorreram em dois colégios
[diferentes:
num de freiras católicas,
e noutro de padres maristas.

As freiras promoveram a encenação da *Branca de*
[*Neve*
e a festa com danças e comidas típicas.
Os padres, a Semana da Inversão.

A ordem dos fatos também não é verdadeira:
primeiro ocorreu a festa, depois a peça da *Branca de*
[*Neve*.
Só bem mais tarde, no outro colégio, a aula de
[religião.

Nunca sequestrei a Santa da minha mãe.
Muito menos a levei para o colégio.
Já o tarô que ela fingia saber jogar foi um sucesso no
[*show and tell* das aulas de inglês.

Não fui parar na sala do diretor por causa da aula de
[religião,
mas por ter cantado, com todas as minhas forças,
["quando Jesus pastar"
em vez de "quando Jesus passar".

Também não lemos o trecho da Bíblia sobre
[menstruação,
mas a passagem que diz:
"Iahweh viu que a maldade do homem era grande
[sobre a terra,

e que era continuamente mau todo desígnio de seu
[coração.
Iahweh arrependeu-se de ter feito o homem sobre a
[terra,
e afligiu-se o seu coração.

Disse Iahweh: 'Farei desaparecer da superfície do
[solo os homens que criei —
e com os homens os animais, os répteis e as aves do
[céu —
porque me arrependo de os ter feito.'"

II

Nunca sonhei com a Branca de Neve,
nem com o Príncipe,
muito menos que estava com vontade de ir ao
[banheiro.

Mas sonhava seguidamente que ia ao colégio nua,
que andava num elevador desgovernado
e que um avião caía a uma quadra de onde eu estava.

Hoje não sonho nada de interessante.
E não menstruo mais.
Porque também não ovulo.

III

Não é à minha casa,
mas à casa da minha mãe
que a Santa chega todo ano.

E ela não fica em cima da mesa da sala,
mas no bar
entre os vinhos e o uísque.

A única verdade nessa história
é o bilhete escrito à mão
numa caligrafia de volteios:

"Minha mãezinha do céu,
eu te imploro,
me protege."

SOBRE A AUTORA

Veronica Stigger nasceu em 1973, em Porto Alegre. Desde 2001 mora em São Paulo. É escritora, curadora independente, crítica de arte e professora universitária. Possui doutorado em Teoria e Crítica de Arte pela Universidade de São Paulo e realizou pesquisas de pós-doutorado na Università degli Studi di Roma "La Sapienza", no Museu de Arte Contemporânea da USP e no Instituto de Estudos da Linguagem da Unicamp. É professora do curso de pós-graduação em Histórias das Artes da FAAP, em São Paulo, e coordena oficinas literárias em vários lugares. Como curadora, foi responsável, entre outras, pelas exposições *Maria Martins: metamorfoses* e *O útero do mundo*, ambas no MAM-SP (2013 e 2016), e, com Eduardo Sterzi, *Variações do corpo selvagem: Eduardo Viveiros de Castro, fotógrafo*, no SESC Ipiranga (2015), no SESC Araraquara (2016), no Weltkulturen Museum, em Frankfurt, Alemanha (2017), e no CIAJG (Centro Internacional das Artes José de Guimarães), em Guimarães, Portugal (2019), e, com Eucanaã Ferraz, *Constelação Clarice*, no IMS São Paulo (2021) e IMS Rio de Janeiro (2022). É autora de doze livros de ficção, entre eles *Os anões* (2010), *Delírio de Damasco* (2012), *Opisanie świata* (2013), *Sombrio ermo turvo* (2019) e os infantis *Dora e o sol* (2010) e *Onde a onça bebe água* (2015, em coautoria com Eduardo Viveiros de Castro). Com *Opisanie świata*, seu primeiro romance, recebeu os prêmios Machado de Assis, São Paulo (autor estreante) e Açorianos (narrativa longa). Com *Sul*, angariou o Prêmio Jabuti. E *Sombrio ermo turvo* foi finalista dos prêmios Oceanos, Jabuti e Minuano.

A VERDADE SOBRE
O CORAÇÃO DOS HOMENS

Este livro foi composto em Minion
pela Bracher & Malta, com CTP da
New Print e impressão da Graphium
em papel Pólen Natural 80 g/m^2 da
Cia. Suzano de Papel e Celulose para a
Editora 34, em julho de 2022.